Mwyaren a'r Lleidr

I Mam

Mwyaren a'r Lleidr

Nia Gruffydd

y Lolfa

Argraffiad cyntaf: 2017
© Hawlfraint Nia Gruffydd a'r Lolfa Cyf., 2017

Cynllun y clawr: Richard Ceri Jones
Llun y clawr: Lisa Fox

Rhif Llyfr Rhyngwladol: 978 1 78461 431 7

Dymuna'r cyhoeddwyr gydnabod cymorth ariannol
Cyngor Llyfrau Cymru

Cyhoeddwyd ac argraffwyd yng Nghymru
ar bapur o goedwigoedd cynaliadwy gan
Y Lolfa Cyf., Talybont, Ceredigion SY24 5HE
e-bost ylolfa@ylolfa.com
gwefan www.ylolfa.com
ffôn 01970 832 304
ffacs 01970 832 782

Pennod Un

Chwyrlïai cymylau bach gwyn o gwmpas pen Mwyaren y dylwythen deg wrth iddi ysgwyd y blawd i'r bowlen, ac erbyn hyn roedd blawd ym mhobman.

Blawd ar ei phen,

blawd ar y bwrdd

a blawd ar y llawr.

Ond doedd dim ots gan Mwyaren. Arllwysodd fymryn o ddŵr i'r bowlen at y blawd a'r menyn, a dechrau gwasgu'r gymysgedd gyda'i bysedd nes bod ganddi rywbeth oedd yn edrych fel clai melyn. Gan ganu'n braf, estynnodd y toes o'i phowlen a'i daflu ar fwrdd y gegin.

Whap!

"Perffaith!" meddai Mwyaren yn uchel.

Roedd hi wedi bod yn edrych ymlaen at heddiw, oherwydd byddai'r mwyar olaf yn barod i'w casglu o'r llwyni, a doedd dim yn well ganddi na tharten afal a mwyar yn gynnes o'r popty. Roedd meddwl am hynny wedi dod â dŵr i'w dannedd, felly roedd hi wedi codi'n gynnar er mwyn paratoi'r toes, a oedd bellach bron yn barod ar fwrdd y gegin.

Roedd yr hydref wedi cyrraedd, ac roedd hi'n dechrau oeri yng nghoedwig Maes y Mes, lle roedd y tylwyth teg yn byw mewn cartrefi clyd yn y coed.

Ar ôl ysgwyd y blawd o'i gwallt a'i dillad, estynnodd Mwyaren am ei hoff sgarff biws a smotiau pinc arni, a'i lapio ddwywaith o gwmpas ei gwddw. Gafaelodd yn ei basged ac agorodd ddrws ei thŷ yn y dderwen gam led y pen. Yn syth, dyma ddeilen fawr yn ei tharo ar ei hwyneb, cyn chwyrlïo heibio iddi, gyda chynffon o ddail eraill yn ei dilyn.

"Aw!" gwaeddodd, gan rwbio'i thrwyn. Edrychodd y tu allan.

"O, diar," meddai, "mae'r gwynt yn dal i chwythu fel rhyw gawr mawr blin."

Bu'n chwythu'n ffyrnig drwy'r nos

ac roedd brigau'r dderwen gam wedi bod yn chwipio'n swnllyd yn erbyn ffenestri'r tŷ. Bob hydref, byddai tŷ Mwyaren yn siglo ac yn crynu yn y gwynt! Trodd i edrych ar y dail a'r blawd ar hyd y llawr, a meddyliodd eto am y darten afal a mwyar roedd hi am ei choginio'r prynhawn hwnnw. Byddai'n rhaid i'r llanast aros am y tro!

Camodd allan o'i thŷ gan gau'r drws coch yn glep ar ei hôl. Roedd yn rhaid i bob tylwythen deg fod yn arbennig o ofalus wrth gerdded yn y goedwig mewn tywydd gwyntog. Gan eu bod mor ysgafn, roedd perygl i'r gwynt eu cipio i fyny i'r awyr. Gan afael yn dynn yn ei basged, cerddodd

Mwyaren yn ei blaen, tra chwifiai ei gwallt hir du o gwmpas ei phen fel mwg tywyll yn dod o simdde!

Pennod Dau

Ychydig iawn o dylwyth teg a welodd Mwyaren wrth gerdded drwy'r goedwig. Mae'n rhaid bod pawb yn swatio'n ddiogel yn eu tai nes bod y gwynt yn gostegu. Daliai'r dail i gwympo, a gwaith anodd oedd ceisio osgoi'r dail a oedd yn chwythu i'w hwyneb. Ofnai Mwyaren y byddai deilen fawr yn lapio'i hun dros ei llygaid a byddai'n methu'n lân â gweld i ble roedd hi'n mynd!

Yn sydyn, wrth droi'r gornel a arweiniai at afon Grisial, clywodd

Mwyaren sŵn parablu uchel, cynhyrfus. Gwelodd griw bychan yn sefyll y tu allan i Siop Tan yr Onnen, â golwg bryderus iawn ar eu hwynebau, a'i ffrind Rhoswen yn eu canol.

"O, Mwyaren!" meddai Rhoswen, gan ruthro ati. "Mae rhywbeth ofnadwy wedi digwydd!"

"Be sy'n bod?" holodd Mwyaren mewn braw.

"Mae Swnyn ar goll!"

Dychrynodd Mwyaren wrth glywed y newydd. Swnyn oedd cefnder bach Rhoswen, a doedd neb wedi ei weld ers ben bore. Un bychan oedd o, â phen llawn o wallt coch, fel gweddill y teulu. Roedd o wedi sleifio allan i chwarae tra oedd ei fam yn golchi dillad, ac roedd pawb wedi bod wrthi'n chwilio amdano, heb unrhyw lwc.

"Paid â phoeni, Rhoswen," meddai Mwyaren yn garedig. "Dwi ar fy ffordd i'r llwyni mwyar. Mi helpa i i chwilio amdano."

"Diolch yn fawr iawn, Mwyaren," atebodd Rhoswen. "Awn ni i chwilio'r llannerch ac mae criw arall am fynd i Siop Sidan ac Ogof Di-Ben-Draw yng nghornel bellaf y goedwig. Gobeithio daw Swnyn adre'n fuan. Dwi'n gweld ei golli, y gwalch bach drwg!"

Aeth Mwyaren yn ei blaen, gan addo rhoi gwybod pe bai'n ei weld. Doedd hi ddim yn hoffi meddwl am Swnyn bach ar goll yn y coed.

"Bydd rhaid i'r darten afal a mwyar aros wedi'r cwbl," meddyliodd.

Roedd hi'n bwysicach o lawer dod o hyd i Swnyn cyn iddi ddechrau nosi. Lle tywyll ac oer iawn oedd y goedwig yn y nos.

Pennod Tri

Wrth ddringo allt Clychau'r Gog, clywodd Mwyaren sŵn gweiddi mawr yn dod o dŷ Nain Derwen a oedd yn byw gerllaw. Wrth nesáu at ei thŷ ym moncyff y goeden hynaf yn y goedwig, mentrodd Mwyaren alw,

"Helô, oes rhywun gartre?"

Ar unwaith, gwelodd Mwyaren fop o wallt arian cyrliog yn dod i'r golwg, a hwnnw wedi ei glymu gyda rhuban oren. Nain Derwen oedd y dylwythen deg hynaf ym Maes y Mes. Yn wir, tylwythen ifanc oedd hi pan oedd llawer o'r coed yno newydd gael eu plannu, a hynny pan oedd y tylwyth yn byw ym mhen draw gwlad Bythwyrdd. Pan oedd hi'n fabi bach, dim ond mesen oedd y goeden roedd hi'n byw ynddi heddiw.

"O! Ti sydd yna, Mwyaren fach," meddai Nain Derwen, â golwg boenus ar ei hwyneb. "Dwi ddim yn gwybod be sy'n digwydd, nac ydw i wir!"

"Pam? Be yn y byd mawr sy'n bod, Nain Derwen?" gofynnodd Mwyaren mewn braw.

"Dyna'r drydedd darten fwyar dwi wedi'i cholli yr wythnos hon! Mi roddais hi ar y sil ffenest yma i oeri ddeg munud yn ôl, ond mae'r darten gyfan, a'r plât, wedi diflannu!"

Dychrynodd Mwyaren o glywed bod rhywun wedi dwyn tarten Nain Derwen. Roedd yn anodd dychmygu y byddai unrhyw un yn lladrata ym Maes y Mes. Roedd heddiw'n ddiwrnod rhyfedd ar y naw, gyda Swnyn ar goll, ac yn awr, tarten gyfan wedi diflannu.

"Digwyddodd yr un peth ddoe a'r diwrnod o'r blaen. Cafodd y tair eu cipio! Mwyaren fach, mae lleidr yn y goedwig! O diar mi. Diar, diar mi."

Roedd Nain Derwen yn agos iawn at grio.

Addawodd Mwyaren y byddai'n ceisio dod at wraidd y dirgelwch, ac aeth ar ei hunion i gnocio ar ddrws tŷ Briallen, ei ffrind. Roedd yn rhaid cael help, a hynny ar frys!

Pennod Pedwar

Ar ôl gwrando ar Mwyaren yn adrodd hanes Swnyn a helynt y lladrad, roedd Briallen wedi dychryn yn ofnadwy, ac am wneud ei gorau glas i helpu Rhoswen a Nain Derwen.

Erbyn hyn, roedd y gwynt yn dechrau tawelu, a gallai Mwyaren a Briallen gerdded yn hawdd drwy'r goedwig. Penderfynodd y ddwy ddilyn Llwybr Igam-Ogam at y llwyni mwyar, gan weiddi enw Swnyn bob hyn a hyn. Roedd yn daith hir.

"Swnyn! Ble wyt ti?" gwaeddodd Mwyaren.

"Ew, does dim golwg ohono," meddai Briallen, gan aros i gymryd ei gwynt.

"Ac mae Maes y Mes yn lle mawr," atebodd Mwyaren. "Gallai fod yn unrhyw ran o'r goedwig."

"Aw!" gwaeddodd Mwyaren yn sydyn, gan rwbio'i phen.

"Ooo!" meddai Briallen, gan afael yn ei phen hithau.

Edrychodd y ddwy ar y llawr a gweld dwy fesen yn rowlio o'u blaenau. Yn sydyn, disgynnodd mesen arall, gan lanio wrth draed Briallen y tro hwn.

"Ha, ha!" meddai Mwyaren. "Mae'r goeden dderwen yn bwrw mes, ond dyna anlwcus oedden ni i gael ein taro ar ein pennau!"

Cododd Briallen y mes, a'u rhoi yn ofalus ym masged Mwyaren.

"Mi gaiff Cochyn y wiwer y mes yma," chwarddodd Briallen. "O leia bydd Cochyn yn falch ohonyn nhw!"

Byddai'r wiwer gyfeillgar a chlên yn casglu mes yr adeg yma o'r flwyddyn er mwyn cael stôr o fwyd ar gyfer y gaeaf.

Gyda basged Mwyaren yn drwm gan fes, nid mwyar duon, cerddodd y ddwy yn eu blaenau at y llwyni drain, gan ddal i weiddi enw Swnyn yn uchel. Ar ôl cyrraedd, doedd dim golwg ohono yn unman. Ond siawns na fyddai Swnyn hyd yn oed yn ddigon gwirion i ddewis cuddio yng nghanol mieri pigog y mwyar duon.

Roedd y ddwy ar fin troi am adref pan sylwodd Mwyaren ar rywbeth glas a gwyn yn disgleirio ar y llawr, wedi'i hanner cuddio o dan y brigau trwchus. Aeth yn nes ato a'i godi. Plât gwyn oedd yno, gyda phatrwm o flodau glas o gwmpas yr ymyl.

"Hmm," meddai Briallen yn ddifrifol. "Dwi'n credu ein bod ni wedi dod o hyd i blât tarten Nain Derwen, ond ble mae'r lleidr?"

"Reit," atebodd Mwyaren, "yn ôl â ni i Siop Tan yr Onnen. Mi allwn adael y mes yno i Cochyn. Gobeithio bod rhywun wedi dod o hyd i Swnyn bach yn y cyfamser."

Pennod Pump

Taith hir oedd y siwrne yn ôl i Siop Tan yr Onnen. Ar y ffordd, galwodd y ddwy heibio tŷ Nain Derwen gyda'r plât, ac i adrodd eu hanes o ddod o hyd iddo wedi ei guddio yn y llwyni mwyar.

Roedd y siop dan ei sang o dylwyth teg y coed oedd wedi bod yn chwilio ym mhob cwr o'r goedwig am Swnyn. Doedd dim sôn amdano yn unman. Roedd Rhoswen a'i fam yn poeni'n ofnadwy amdano.

"Mi fydd hi'n nosi cyn bo hir. Ble ar wyneb y ddaear mae o?"

gofynnodd Rhoswen yn ddigalon.

Dywedodd y criwiau eu bod wedi chwilio pob twll a chornel o Faes y Mes, ac wedi holi holl anifeiliaid y goedwig. Roedd Teulu'r Llygod wedi cytuno i chwilio drwy'r gwrychoedd i gyd, a Stribyn y Mochyn Daear wedi addo y byddai'n chwilio'r goedwig a'r tyllau dan ddaear trwy'r dydd a thrwy'r nos.

"Chwarae teg i'r anifeiliaid. Dwi'n siŵr y daw Swnyn i'r fei cyn bo hir," meddai Mwyaren yn obeithiol.

Gwagiodd ei basged a rhoi'r mes ar gownter y siop, lle roedd…

… pentwr mawr o fes!

Roedd pawb wedi bod wrthi'n hel mes, ac wedi penderfynu dod â nhw'n ôl i'r siop er mwyn eu rhoi i Cochyn.

"Nefoedd wen!" meddai Briallen. "Bydd Cochyn wrth ei fodd! O ble daeth y rhain i gyd?"

"Paid â sôn," cwynodd Celyn. "Ges i fy nharo ar fy mhen gan un ohonyn nhw. Ac roedd yn brifo!"

"Digwyddodd yr un peth i fi hefyd," meddai Glawog.

"A finna!" meddai llais Mwsog, ei frawd, o'r cefn.

Edrychodd Mwyaren mewn syndod ar bawb. Yn sydyn, cafodd syniad.

"Ble ddigwyddodd hyn i chi?"

"Ar Lwybr Igam-Ogam," meddai pawb mewn un côr.

"Galwch ar Cochyn!" gwaeddodd Mwyaren. "Bydd angen ei help!"

"Be sy'n bod, Mwyaren?" holodd Rhoswen, gan edrych arni mewn braw.

"Wel…" meddai Mwyaren yn araf, "os ydw i'n iawn, mae gen i syniad go dda ble mae Swnyn yn cuddio. Bore 'ma aeth o ar goll, yntê? Ac mi roedd hi'n chwythu fel dwn i'm be, yn doedd? Dewch bawb, dilynwch fi!"

"I ble?" holodd Briallen.

"Yn ôl i Lwybr Igam-Ogam!" atebodd Mwyaren yn gynhyrfus.

Pennod Chwech

Aeth y criw ar eu hunion at y dderwen oedd wedi bwrw mes ar gymaint o bennau'r diwrnod hwnnw! Roedd rhywun wedi cael gafael ar Cochyn ac roedd y wiwer goch yn sefyll wrth ochr Mwyaren wrth i'r ddau edrych i fyny'r goeden.

"Ai dyma'r goeden sydd wedi bod yn bwrw mes, felly?" meddai Cochyn yn araf. "Wel, dyna ryfedd!"

Edrychodd Mwyaren ar Cochyn, yn awyddus iddo ddweud rhagor.

"Mae twll gwag ym mhen ucha'r goeden. Dwi wedi bod yn brysur ers dyddiau lawer yn ei lenwi gyda mes ar gyfer y gaeaf."

Craffodd Mwyaren drwy'r dail oren a brown oedd yn dal i orchuddio'r goeden. Yn sydyn, gwelodd rywbeth rhyfedd rhwng y brigau.

"Oes gan Swnyn ymbarél melyn, Rhoswen?" gofynnodd Mwyaren.

"Oes, pam?" atebodd Rhoswen gan edrych rhwng y brigau.

"Dwi'n credu fod ymbarél yn sownd ar dop y goeden. Mae'n rhaid bod Swnyn wedi cael ei chwythu yno gan y gwynt pan oedd yn chwarae gyda'i ymbarél bore 'ma!"

Aeth cyffro mawr drwy'r criw, ac roedd pawb yn hollol ddistaw wrth i Cochyn lamu'n gyflym i fyny'r goeden gan ddefnyddio ei grafangau miniog i ddringo'r boncyff mewn dim o dro. Daliodd pawb eu hanadl tan iddynt weld Cochyn yn dringo'n ofalus i lawr y goeden, gyda Swnyn yn dal yn dynn ym mlew coch ei wddf. Roedd pawb wrth eu boddau i'w weld yn ôl yn ddiogel ac mewn un darn.

"Pan edrychais i mewn i'r twll," meddai Cochyn, "dyna lle roedd Swnyn, yn cysgu'n sownd, a phentwr o ddail fel blanced drosto. Ond mae hanner y mes wedi diflannu!"

"O, Swnyn bach," meddai Rhoswen, pan oedd ei chefnder yn ôl ym mreichiau ei fam. "Ti oedd yn taro'r tylwyth teg ar eu pennau gyda mes Cochyn?"

Cododd Swnyn ei ben ac edrych yn ddireidus ar bawb.

"Roedd hi'n hwyl cael fy chwythu i ben y goeden, ond mi wnes i ddiflasu ar ôl ychydig. A doedd dim llawer o le yn y twll, felly dechreuais ollwng mes ar bennau'r tylwyth teg oedd yn pasio."

"Swnyn, y gwalch bach drwg!" meddai ei fam yn syn.

"Roeddwn yn hoffi clywed pobl yn gweiddi 'Aw'!" meddai Swnyn wedyn, a gwenu'n euog.

Allai neb fod yn flin gyda'r gwalch bach, wrth iddo afael yn dynn yn ei fam a rhoi ei ben ar ei hysgwydd! Criw hapus iawn a drodd am adref y diwrnod hwnnw, ond roedd Mwyaren yn dal i boeni. Am yr ail waith y diwrnod hwnnw, aeth at y llwyni mwyar, ond yn lle llenwi ei basged â mwyar duon hyfryd, casglodd ychydig o eirin tagu. Roedd Mwyaren yn benderfynol o ddatrys y dirgelwch arall. Pwy oedd lleidr Maes y Mes?

Pennod Saith

Cyn mynd i'w gwely'r noson honno roedd Mwyaren wedi galw heibio tŷ Nain Derwen, ac wedi gofyn iddi wneud tarten gyda'r eirin tagu erbyn y diwrnod wedyn, a rhoi'r darten i oeri ar y sil ffenest fel o'r blaen. Teimlai Mwyaren yn falch bod Swnyn adre'n saff, ond roedd wedi llwyr anghofio am y pentwr dail a blawd oedd yn aros amdani gartref, heb sôn am y toes oer heb ei goginio oedd ar y bwrdd.

"Dim tarten afal a mwyar wedi'r cwbl," meddyliodd yn drist, gan ddringo i'w gwely bychan yn llwglyd. Ceisiodd fynd i gysgu'n syth, gan fod gwaith caled yn aros amdani eto yfory.

Yn driw i'w gair, roedd Nain Derwen wedi bod yn coginio drwy'r bore ac wedi rhoi'r darten eirin tagu i oeri ar y sil ffenest tua amser cinio. Yn fuan wedyn, galwodd Mwyaren i weld a oedd ei chynllun wedi gweithio.

"Do, wir," meddai Nain Derwen yn gynhyrfus. "Mi wnes i droi fy nghefn am eiliad, ond pan edrychais wedyn, roedd y darten, a'r plât, wedi mynd!"

Gwenodd Mwyaren. Dyna'n union oedd ei chynllun.

"Mae gen i syniad ble mae'r lleidr yn cuddio!" cyhoeddodd Mwyaren.

Camodd allan o'r tŷ yn benderfynol, gyda Nain Derwen yn ei dilyn, a dringodd y ddwy allt Clychau'r Gog, a chamu ar draws cae'r blodau menyn hyd nes iddynt gyrraedd y llwyni mwyar duon.

Arhosodd y ddwy o flaen y drain tywyll, a gwrando'n astud.

Yn sydyn, dyma nhw'n clywed llais dwfn yn crio a thuchan.

"Aw, aw, aw! O! Fy mol i!"

Yno, yn gorwedd y tu ôl i'r llwyni, yng nghanol gweddillion y darten eirin tagu sur, ac yn gwingo mewn poen, roedd Sbrowtyn – y mwyaf barus a diog o dylwyth teg y goedwig i gyd.

"Y cena bach drwg!" dwrdiodd Nain Derwen, gan afael yn ei glust ag un llaw a'i orfodi i godi ar ei eistedd.

"Mae'n ddrwg gen i, Nain Derwen. Wna i byth, byth ddwyn tarten, byth eto. Awww!"

"Mi wna i'n siŵr o hynny," dwrdiodd Nain Derwen unwaith eto, gan dynnu Sbrowtyn ar ei draed a'i arwain adref, i roi pryd o dafod go iawn iddo.

Roedd Mwyaren yn falch ei bod wedi datrys dirgelwch y lleidr, ac yn hapusach fyth pan gnociodd Rhoswen ar ddrws ei thŷ yn hwyrach y prynhawn hwnnw, yn gafael mewn potel o ddiod eirin melys, a phlât anferth gyda tharten afal a mwyar fawr arni – yn boeth o bopty Nain Derwen!

Geirfa

blodau menyn – *buttercups*

boncyff – *trunk*

Briallen – *Primrose*

bythwyrdd – *evergreen*

Celyn – *Holly*

clychau'r gog – *bluebells*

Cochyn – *Red One (the squirrel)*

crafangau – *claws*

cynhyrfus – *excited*

derwen – *oak*

direidus – *mischievous*

dirgelwch – *mystery*

eirin tagu – *sloes*

Glawog – *Rainy*

gwalch – *imp*
lladrata – *steal*
lleidr – *thief*
llygod – *mice*
maes – *meadow*
mes – *acorns*
mieri – *brambles*
mochyn daear – *badger*
Mwsog – *Moss*
mwyar/mwyar duon – *blackberries*
Mwyaren – *Blackberry*
Onnen – *ash (tree)*
parablu – *chatter*
Rhoswen – *Rosewhite*
Swnyn – *Whiner*
(g)wiwer – *squirrel*

Hefyd yn y gyfres:

£3.99

Am restr gyflawn o lyfrau'r Lolfa, mynnwch
gopi am ddim o'n catalog
neu hwyliwch i mewn i'n gwefan

www.ylolfa.com

lle gallwch archebu llyfrau ar-lein.

TALYBONT CEREDIGION CYMRU SY24 5HE
ebost ylolfa@ylolfa.com
gwefan www.ylolfa.com
ffôn 01970 832 304
ffacs 832 782